GARANTIE DE L'ÉDITEUR

Pour vous parvenir à son plus juste prix, cet ouvrage a fait l'objet d'un gros tirage. Malgré tous les soins apportés à sa fabrication, il est malheureusement possible qu'il comporte un défaut d'impression ou de façonnage. Dans ce cas, ce livre vous sera échangé sans frais. Veuillez à cet effet le rapporter au libraire qui vous l'a vendu ou nous écrire à l'adresse ci-dessous en nous précisant la nature du défaut constaté. Dans l'un ou l'autre cas, il sera immédiatement fait droit à votre réclamation.

Librairie Gründ - 60, rue Mazarine - 75006 Paris

Adaptation française de Monique Souchon
Texte original de David Wood
Première édition française 1989 par Librairie Gründ, Paris
© 1989 Librairie Gründ pour l'adaptation française
ISBN : 2-7000-4320-0
Dépôt légal : avril 1989
Édition originale 1988 par Walker Books Ltd, Londres
© 1988 David Wood pour le texte
© 1988 Clive Scruton pour les illustrations
Photocomposition : Compogram, Paris
Imprimé en Italie par L.E.G.O.
Loi n° 49-956 du 16 juillet 1949 sur les publications destinées à la jeunesse

SYDNEY
LE MONSTRE

TEXTE DE
David Wood

ILLUSTRATIONS DE
Clive Scruton

DROLALIRE

GRÜND

Sydney était un monstre.
"Je m'ennuie !" se dit-il.
"Si je faisais quelque bêtise."

Il sonna à une porte et se cacha.

Quand la dame ouvrit la porte...

Sydney surgit d'un bond et lui tira la langue.

La dame poussa un cri.
Sydney sourit et rentra chez lui.

"Je m'ennuie encore !" se dit-il.
"Si j'effrayais quelqu'un."

Il alla au supermarché et se
déguisa en poulet surgelé.

Et, quand une cliente voulut
l'attraper…

La cliente s'évanouit, Sydney rentra chez lui, ravi.

"Oh ! Je m'ennuie !" pensa Sydney.
"Allons jouer quelque tour !"

Il courut vers le parc et

sauta dans le bassin...

nu comme un ver !
Le parc se vida.

Sydney éclata de rire
et rentra chez lui.

"Comme je m'ennuie !" dit-il.
"Et c'est ennuyeux.
À qui pourrais-je faire peur ?"

Il se dirigea vers une école,

regarda par la fenêtre et...

fit un bruit proprement monstrueux. Panique générale !

Seule Agathe ne bougea pas.

Sydney lui tira la langue
Agathe sourit.

Il sauta en lui criant : BOU !
Elle pouffa.

Il courut tout nu à travers
la salle. Elle rit.

Sydney lui cria un gros BEURK.
Elle rit aux éclats.

"Ce n'est pas juste !
Tu devrais être terrifiée."

"Je n'ai pas peur de toi.
Tu es si drôle ! Regarde !"
Ils sourirent, ils pouffèrent
et rirent aux éclats.

Et ils rentrèrent à la maison.

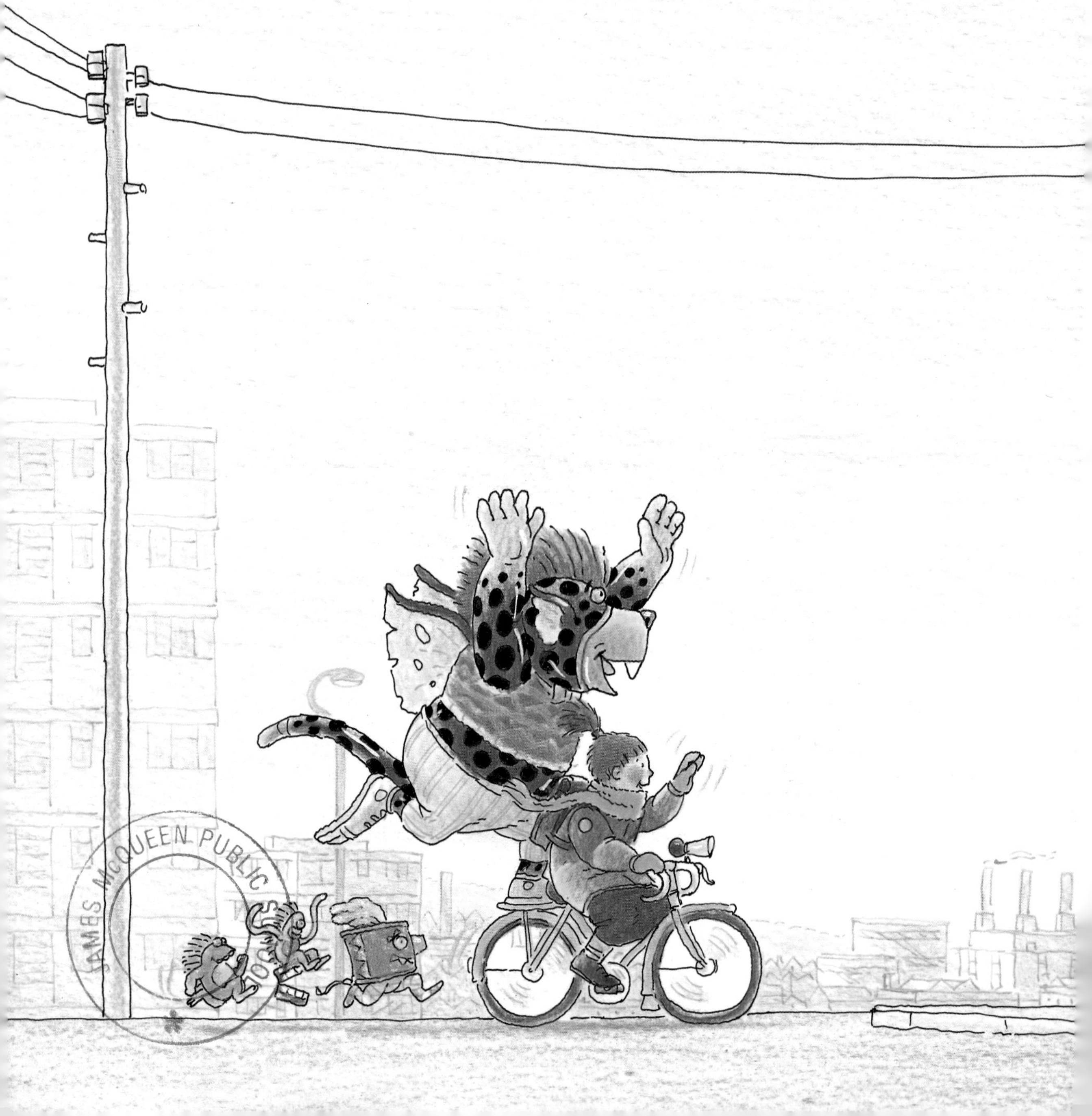